Der Hahnenkampf

Wilhelm Busch

Der Gickerich, ein Gockel fein,
Guckt in den Topf voll Brüh hinein.

Ein zweiter, Gackerich genannt,
Kommt auch sogleich herzugerannt.

Und jeder langt mit Mühe
Im Topfe nach der Brühe.

Der Gicker- und der Gackerich
Betrachten und fixieren sich.

Zum Kampf gerüstet und ganz nah,
So stehn sie Aug' in Auge da.

Sie fangen mit den Tatzen
Entsetzlich an zu kratzen.

Und schlagen sich die Sporen
Um ihre roten Ohren.

Jetzt rupft der Gickerich, o Graus,
Dem Gackerich die schönste Feder aus.

Doch Gackerich, der erst entfloh,
Macht's jetzt dem andern ebenso.

Und zieht den Gickerich noch obendrein
Beim Schopfe in den Topf hinein.

Da kämpfen sie noch ganz erhitzt,
Daß rund herum die Brühe spritzt.

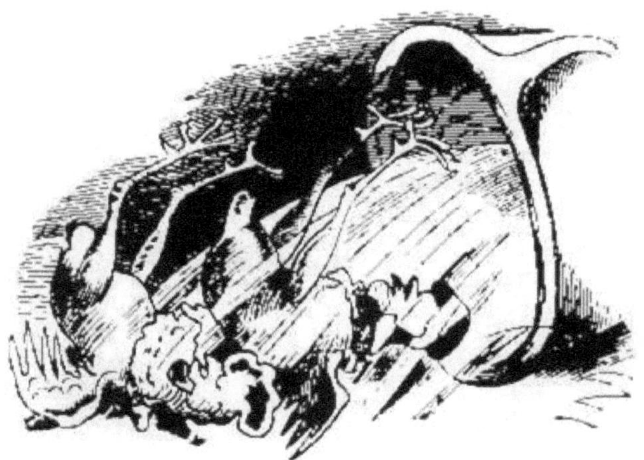

Und keiner hält sich für besiegt,
Obschon der Topf am Boden liegt.

Jetzt kommt der Schnauzel hergerennt
Und macht dem ganzen Streit ein End'.

Sieh da, die Hähne gehn nach Haus
Und sehen ganz erbärmlich aus.

Der Schnauzel frißt den Rest der Brüh',
Den Schaden hat das Federvieh.

Zum Kampf gerüstet und ganz nah,
So stehn sie Aug' in Auge da.

Sie fangen mit den Tatzen
Entsetzlich an zu kratzen.

Und schlagen sich die Sporen
Um ihre roten Ohren.

Jetzt rupft der Gickerich, o Graus,
Dem Gackerich die schönste Feder aus.